모두가 첫날처럼
김용택 시집

문학동네시인선 191 김용택

모두가 첫날처럼

시인의 말

시를 기다리지 않는다
봄비 걱정을 하고
이웃집 근심도 같이 나누면서
밭을 고르는 선량한 농부 곁에
서 있다 간다
그가 허리를 펴고 서서
시는 잘 써지냐고 내게
묻는다
그렇게 잠깐 서서
비의 기별을 기다리며
쉬시라고
하였다

2023년 4월
김용택

차례

1부 새들은 부러질 나뭇가지로 날아가지 않
는다

3부 말이 싫은 시가 나는 아름답습니다

1부
새들은 부러질 나뭇가지로 날아가지 않는다

등이 따뜻해질 때까지

창문이 밝아오자 창문을 열고
별들을 내다보았다
나무들이 곳곳에서 반듯하였다

강 건너 길을 걸었다
어린 쑥들이 마른 풀밭 잔돌 곁에서 돋아났다
서리가 녹아 돌도 쑥도 젖었다

누가 텃밭을 파는지
흙을 파고드는 호미 끝에 자갈 닿는
소리가 강을 건너왔다

등이 따뜻할 때까지
강가에 앉아 있다가
왔다

무엇인가를 두고 온 것 같아
강 건너 그곳을
한번
건너다보았다

쓸 만하다고 생각해서 쓴 연애편지

창문을 열어놓고 방에 누워 있습니다
바람이 손등을 지나갑니다
이 바람이 지금 봄바람 맞지요? 라고
문자를 보낼 사람이 생겨서 좋습니다
당신에게 줄 이 바람이 어딘가에 있었다는 게 이상하지요
사람의 마음은 알 수 없다고들 하는데 이 말이 그 말 맞
네요
차를 타고 가다 어느 마을에 살구꽃이 피어 있으면
차에서 내려 살구꽃을 바라보다 가게요
산 위에는 아직 별이 지지 않았습니다
이맘때 나는 저 별을 보며 신을 신는답니다
당신에게도 이 바람이 손에 닿겠지요
오늘이나 내일 아니면 다음 토요일
만나면 당신 손이 내 손을 잡으며
이 바람이 그 바람 맞네요, 하며
날 보고 웃겠지요

나무에게

나무야
봄은 오고 있다
너를 올려다본다
내 나이 일흔여섯이다
이제 생각하니
나는 작고 못났다
그런데다가
성질도 못됐다
나무야
근데 내가 인자
어쩌하면 좋을까

산앵두꽃

산딸기꽃 산앵두꽃 산벚꽃 산복숭아꽃 어제 핀 산제비꽃,
조금 있으면 하얀 찔레꽃
그것들이 봄날의 내 인생을 결정짓지는 못하지만
그중에 아침 이슬을 달고 있는 산앵두꽃의
앙증맞은 저 집중은
나를 바꿀 만하다
지금을

오후에는 비가 내렸다

날이 무거워진다
철학은 넘치고 수학은 숨은 수를 다 찾아낸다
새들은 부러질 나뭇가지로 날아가지 않는다
모기 문 곳이 아직은 가렵다
나는 오랫동안 어린이들을 가르치면서
가르친 대로 살지 못했다
아이들도 커가면서 배운 대로 살지 않았다
나는 배우고 가르치는 일에 괴로워했다
사람이 이러면 안 되는데
생산과 소비의 겸허를 잊었다
생태와 순환의 교란자들
모두 어디 갔는가
오후에는 비가 내렸다
이상하였다

기쁜 농부의 노래

어리석음이 얼마나 달을 둥글게 하고 밝게 하는지 안다. 서편에 가서 지는 달이 깨끗하다. 누구를 만나 실컷 울고 사랑을 얻어온 얼굴이다.

나의 아침 길은 고요하다. 길의 고요 속으로 걸어가는 곳에 하지감자꽃이 먼저 들어와 꽃을 피우고 서 있다. 새하얀 꽃이다. 이이가 울음을 받아준 그이인가.

호반새가 돌아왔다. 작년에 울던 곳에서 운다. 가까이 가서 보았다. 내가 보는데도 울었다. 고개를 왼쪽으로 돌리고 운다. 짙은 주홍색이다. 아름답다. 정말 아름답다, 라고 또 말할 만하다. 의외로 부리가 뭉툭하게 길고 끝이 갑자기 두렵게 뾰족해진다. 밤나무숲으로 날아갔다. 가서 또 운다. 몸과 부리에 비해 꼬리가 짧다. 몸이 앞으로 기울어질 것 같다. 지금 그쪽에서 우는 소리를 듣고 서 있다.

아침밥을 먹으면서 차이콥스키의 〈농부의 노래〉란 음악을 들었다. '기쁜 농부'라는 해설자의 말이 나를 기분좋게 하였다. 아버지가 생각보다 잘 자라고 있는 강 건너 벼를 보러 가실 때 아침 이슬들이 쏟아지는 저 음악처럼 발걸음이 기쁠 때도 있었으리라.

그 어떤 생각 같다

우리집 왼쪽 앞에는 사촌 큰형님 내외가 산다.
오른쪽 앞에는 사촌 작은형님 내외가 산다.
우리집하고 딱 붙은 오른쪽 옆집은 동환이 아저씨 내외가
딸하고 산다.
눈이 오다 말다 또 몇 번 그친다.
그 어떤 생각 같다.
큰형님 형수는 제주도 아들네 집에 갔다.
형님네 집 난로 연통 연기가 풀 풀풀 풀풀풀 풀 흩날린다.
작은형님 집 지붕 굴뚝에서 나무 보일러 타는 연기도
남쪽으로 서쪽으로 남서에서 남동쪽으로 그렇게 풀 풀풀
풀풀풀 풀 흩날린다.
날은 춥고, 굴뚝을 나온 연기처럼 마을에 쓸쓸함이 꼬리
없이 흩어졌다
동환이 아저씨 집은 하루종일
지붕이 깜깜하다.
아내가 나들이 간 이런 겨울날은
한마디 말도 없이
깊은 겨울을 보며 하루를 꼬박 보낸다.
정수네 빈 집터 옻나무 제일 높은 가지 꼭대기 끝에 앉아
딱새가 딱딱 딱 따다닥 하고 울 때
말 못 하는 짐승이지만
혼잣말이라도 말을 걸고 싶어 할말을 찾아 일어설 때
날아가버린다. 새들의 고민은 나뭇가지 몫이다.

우체부도 오늘은 마루 끝에다 신문만 놓아두고 간다.
해질 때 창가에 앉아 바람 부는 강을 바라보았다.
물결을 보니, 바람이 세다.
해지면 마을도 자꾸 입을 닫으려고 한다.
그때 아내가 고요를 깨며 돌아왔다.
문을 열어준 내 얼굴을 바라보더니, 지나가는 말로
왜, 무슨 일 있었어? 한다.
아니, 라고 말하고 싶은데,
그런데
어근이 없다.
아내가 내 곁을 지나 부엌으로 가며
이상하네,
고개를 갸웃한다.

살구를 따서 먹다

아침에 살구를 땄다
살구나무가 우리집으로 온 지 사 년쯤 되었다
집에 온 이듬해 살구가 세 개 열려서
놀란 기억이 난다 살구가 익어가는 것을 끝까지 보았다
살구가 노랗게 다 익어 식구들과 같이 따서 나누어 먹었다
작년에는 일곱 개가 열려 식구들끼리 살구 따는 행사를
했다
올해는 마흔 개 정도 열렸다
작은 체구에 많은 살구를 단 살구나무가 걱정되어 솎아
줄까도
생각했지만, 저가 알아서 필요 이상의 열매는 떨어뜨리
겠지 했는데
몇 개 버리지 않고 다 달고 익어갔다
익을수록 가지가 조금씩 휘어진다
천천히 휘어지는 무게의 힘이 압박하는 고난의 진행을 따
르는 순리를 보았다
아름다운 이행, 진척, 진보다
세상에는 마음을 따르는 아름다운 아픔도 있다
시간 날 때마다 창문 밖을 내다보고
저것 봐! 저것 봐!
가지가 더 깊이 휘어졌네!
사진을 찍어 아들네에게도 보냈다
샛노랗게 익은 살구들이 직사광선에 오래 그을린 몽고 아

이들 볼처럼 빨갛다
  빨간 볼에 작은 벌레 똥과 주근깨가 또렷하게 박혀 있다
  살구를 딸 때 손가락 끝으로 살구를 쓸어보았다
  작은 돌기들이
  손가락 끝에 오돌토돌 걸린다
  양푼이 그득하였다
  신맛이 달다
  살구가 담긴 그릇을 부엌 탁자 위에 놓았다
  잘된 정물이다
  지나다니며 하나씩 집어먹는다
  점점 줄어든다
  신 것을 질색하는 아내도
  몇 개 집어먹으며 아으으 인상을 쓴다
  약간 말랑한 살구를 손가락으로 지그시 누르면
  살구가 은근히 두 쪽으로 갈라지며
  단단한 살구씨가 쏙 나와 툭 떨어진다
  완성은 끝나지 않았다는 말이다
  살구는 즙이 많지 않다

꽃이 나를 보고 있다

꽃에 물을 주며 생각한다
지금 꽃에 물을 주는 일을
성실하게 이행하자
다음에 할 일을 지금 생각하다보면
꽃에 물 주는 일을 서두르게 되고
꽃에 물 주는 일이 허술하게 된다
그러니까, 지금 꽃에 물을 주며
딴생각하는 내가
나를 타이르는 것이다
꽃이 나를 보고 있으니까

마음을 담아 걷다

마음에 생긴 길 하나를
세상의 길로 이어보았다 그 길을 따라
집을 벗어나 걷다가 강가에 서서 뒤를 돌아보았다
다시 돌아갈 수 있는 길이 있다
길 끝에 내 생을 이어온 오래된 마을이
어쩌면 내 생의 전부였을 산 아래 몇몇 집들이 가만히 놓
여 있다
나의 모든 말들이 한길로 모여 저 마을로 걸어들어서기를
걸어놓은 후회와 낙담과
한 발 늦었을 때 한 발 다시 내어 디디던
절망의 발길에 차인 저녁 이슬이 터지던 울음을 잊지 말자
나는 어제 걷던 길을 다시 걷는다
어디를 가든 어디로 가든
마음을 담은 한 걸음이 한 걸음을 배워
저 마을의 한 걸음에게 간다

네 별이 다칠라

한쪽 무릎을 꿇고 앉아
낫자루를 바르게 쥐여주며
아버지는 나에게 말했네
풀이 우북한 곳을 조심해라
그런 곳에는
꽃뱀이 개구리를 기다리고 있단다
이슬을 베지 마라
네 별이 다친다
풀밭에 나가
손을 베었지
낫날이 내 살 속을 지나는 캄캄한 소리를
나는 들었어
아버지처럼 쑥을 뜯어 바위에 비벼
핏물이 떨어지는 손가락을 싸맸네
푸른 쑥물이 생살에 스며들어 쓰리고 아파
눈물을 떨굴 때
풋살구 익어가는 마을
나는 아홉 살
오동꽃은 지고 없었네

현재의 온도

추운 곳에서 왔을 때
여기는 따뜻할 것이다

따뜻한 곳에서 왔을 때는
여기가 추울 것이다

조금 있다보면
추운 데는 춥고
따뜻한 곳은 따뜻해진다

현실은
온도를 속이지 않는다

시인의 집

아침밥 먹고 창가에 앉아
시를 읽었네
시집을 놓고

강가 느티나무 아래에서
바람을 만졌네
바람을 놓아두고

집으로
왔네

우리들의 집

아침, 귀뚜라미가 운다
귀뚜라미 울음소리 곁에 가만히 누워본다
그러고는 생각하였다
오늘은 다시 손볼 필요 없는 평범한
발걸음으로 집에 돌아오고 싶다

내 얼굴

내 얼굴 사진을 보다가
내 얼굴이 너무 슬퍼서
이불 속에 엎디어 울었다
언젠가도 이렇게 울었다
그때, 자꾸 발이 시려
이불을 끌어당기던
기억이 나서
더 오래 울었다

조금 더 간 생각

방바닥에
떨어진 꽃잎을
주우며 생각한다
누구나 다 견디지 못할
삶의 무게가 있다고
삶에는 예외가 없다고 그러나
어제보다 조금 더
날아간 꽃잎도 있다고

아니다, 나비가 잠을 잔다고는 말 못 한단다

나비가 잠을 잔다고는 말 못 한단다
나비는 밤에 풀잎을 붙잡고 쉬거나
나뭇잎 뒤에서 쉰다고 하는 게 맞는단다

모르는 얼굴

미처 하지 못한 말들이 꽃이 된다고 한다
그 꽃을 찾아다니는 나비가 있다는데
나는 아직 그 나비를 만나지 못했다

겨울이 왔구나

새벽에 깼다
달이 훤하다
밖에 나가
서쪽으로 서서
눈매가 선한
달을 보았다
바삐 흐르는 구름 사이로
별들이 희다
몇 걸음 걷다가
뒤돌아서서
다시 하늘을 올려다보았다
유심히 보았다
마당 돌계단을 내려서다가
문득 바람소리를 들었다
그 자리에 섰다
검은 산속
겨울이 왔구나

2부
딸은 내가 밤에 읽은 시를 아침에 읽는다

가을이라고 말 못 해서 겨울로 왔어요

아직도
적당한 말을 정하지 못하였습니다
풀잎 사이에 숨어 나타나지 않은 수많은 말들을 전하고
싶어서요
나비가 실어오지 못한 말들도 남았습니다
바람이며 아침이며 해가 질 무렵이며 시 쓰는 나무들의 노
을이며 그리고 당신이기도 한
저 일련의 햇살을 나는 어쩌하지 못하였습니다
감당은 쉬운 말입니다
그러나 내가 감당할 수 있는 말은
가을 앞에 더듬더듬 몇 마디입니다
언제나처럼 달이 떠 있고 구름이 지나가고 비가 지났을
것입니다
당신은 어딘가로 걸어가겠지요
나는 압니다
무어라 말할 수 없는 말들이 내 말을
알고 있지요
그것은 구름 아래와 같이
말이 없지만
나는 다 드릴 수 있어요
가을의 말을 따라가며 애타던 그 모든 것들에게
……그리고
그래서 당신에게

그랬습니다

새들의 시

나무는 정면이 없다

바라보는 쪽이 정면이다

나무는 언제 보아도

완성되어 있고

언제 보아도 다르다

나무는 경계가 없어서

자기에게 오는 모든 것들을

받아들여 새로운 정부를 세운다

달이 뜨면 달이 뜨는 나무가 되고

새가 날아와 앉으면

새가 앉은 나무가 된다

나무는

바람의, 눈송이들의, 새들의

시다

이끼가 사는 곳

눈 속에서 돌담에 이끼가 푸르다.

푸른 이끼, 아내는 이끼를 겨울 식물이라고 한다.

나는, 아니야 언제든 물에 젖으면 이끼는 살아나 푸르러져, 했다.

흰 눈 속에서 눈 녹은 물기로 푸른색을 찾아내는 이끼는 매끄러운 돌에서는 자라지 못한다.

아내는 다시 푸른 잎이 없는 겨울철 눈 속에 저 푸른색 좀 봐! 이끼는 겨울 식물이야, 한다.

돌의 눈물이 고이고 먼지와 그늘이 살 수 있는 곰보 자국 같은 작은 상처 속에서

이끼는 눈 녹은 물을 만나 겨울 식물로 푸르다.

생의 순간들

  새벽이다 싸락눈이다 어둠 속 작은 몸짓들이 차다 생각하
니 맨몸이다 생각하고 멈추었다 알면서 견디어낸 울음 터지
는 소리 쭈그려앉아 핸드폰 불빛으로 발밑을 비추어보았다
톡 톡 톡 토독톡…… 토도도톡 툭 튀어오른다
  생의 순간들이 희고 차다

슬픔으로 아름다움을 설명할 수 있는 별들의 표정을 나는 알아요

나는 밤과 새벽과 아침을 알아요
나는 밤에 밖에 나가 별을 보고
새벽에도 마당에 나가 동산에서
서산까지 마을의 일기를 고르며 간 달도
오래 서서 바라보지요
아침 바람 속에서 바람을 보며 서 있거든요
마을은 나의 학교입니다
새벽이슬들을 깨우며
텃밭 일을 하는 농부들은 나의 선생입니다
같이 늙어가도 밭을 곱게 고르는 사람에게서 사람을 배
웁니다
그들은 농기구에 힘을 주지 않습니다
농경은 시대착오 없이 한결같습니다
봄의 구름과 여름의 구름을 바라보았던
어머니의 담담한 겨울 얼굴을 나는 기억합니다
처마 끝에 매달려 겨울을 지내는 옥수수는
생각들을 찬바람에 날리며 땅을 향해 달관의 경지에 다
가갑니다
농부들은 논에 모를 심으며
해질녘 반달 때문에 바쁘고
콩을 널어놓고
서쪽별 뜨기 전에 서둘지요
서둔다고 씨앗을 빼먹진 않아요

빼먹은 자리는 며칠 후 이웃 사람들이 다 알게 되거든요
논과 밭의 마무리는 달의 테두리처럼 선연해요
그 테두리를 벗어나 한 걸음 두 걸음 세상을 향해 나가던
외롭고 찬란했던 그 순간들을 나는 기억해두었습니다
틀리면 안 되니까요
나는 늘 마을을 뒤돌아보았습니다 애잔은 내 시의 처음
이었으니까요
서리를 맞고 검정콩으로 둔갑하는
검은 콩껍질 속에 감추어진 놀라운 비린내는 에메랄드색
이지요
나는 자연 속의 그 경이를 해마다 어금니로 확인해본답
니다
그 콩을 서리태라고 하는데 아직 타작이 끝나지 않았습
니다
땅에 떨어져 흙먼지를 불러모은 농부들의 땀방울을 아
는 것은
안심의 저녁을 터득하는 일이었습니다
해질 때 바람으로 검불을 날리고
나는 이따금 오래전 우리의 옛길을 찾아 걷습니다
그 길로 오가는 그때 그 얼굴들을 만나
이슬 묻은 두 손을 바지에 문질러 닦고
맞잡은 두 손을 흔들며
모두의 안부에 기뻐하며 눈물짓기도 합니다

오늘은 어제보다 조금 멀리 갔다는 것을 깨달을 때
나는 발걸음을 멈추고
되돌아 마을로 옵니다
마을로 돌아올 때 나는
뉘우칩니다
우리는 이렇게 살다 죽고 오랜 세월이 흐르고
그때도 새들은 날고 나뭇가지들은 바람에 흔들릴 텐데
바람을 따라가며 울던 네 슬픈 얼굴을 언제 데려올까
사랑이 무엇인지 알고 뒤돌아보며 슬퍼하지요
슬픔으로 아름다움을 설명할 수 있는 별들의 표정을 나
는 알아요
한숨을 땅에 묻으면 새싹이 돋아나는 아픔이 인생이라는
것을 압니다
해와 달이 가면서 그 일을 하늘에 적어두거든요
마을로 돌아가는 길은 늘 나를 재촉합니다
그러면 나의 발걸음이 빨라지고
마음도 바빠져서
집 앞에 서면 나는
한없이 기뻐요

아침에 인사

안녕하세요
제가 달맞이꽃이에요
아침 안개 속에 있다가 부지런한 시인에게 들켰어요
안개 속에서는 말소리를 죽여야 해요
소리가 멀리 가거든요
조심하세요
나는 곧 꽃잎을 닫을 시간입니다
안녕!

근데,
내가 사랑한다고 지금 조금 크게 부르면 안 되나요?

가을에서 온 사람

강변으로 해가 갈 때
따라 나가보았다
억새가 좋아하는
바람도 와 있다
가을바람을 보며
강가에 서 있으니
강에는 누가 온다는
조용한 환호가 일었다

명랑한 식탁

아내가 텃밭에 상추를 뽑아들고 서서
강가에 있는 나를 부른다
햇살을 받는 이슬과 몇 톨의 흙, 아침 바람 속에 흘린다
딸은 내가 밤에 읽은 시를 아침에 읽는다
나를 한없이 좋아하는 딸과 내 아들의 가족
내가 태어날 때부터 나를 보아온 나무들과
길었던 내 밤을 기대준 커다란 바위들 그리고 아버지의 집
죽어서도 나는 별빛 아래 외롭지 않을 것이다
아내는 근심과 걱정을 털어낸 명랑을 가져다가
아침 식탁에 올린다

미소를 보내주세요 내가 날 수 있도록

날개에 떨어진 햇살을 보면
고향에 장다리꽃이 핀지 알지요
봄바람이 살랑대면
장다리 꽃잎 네 장이
네 마리 나비가 되어
강을 건너는 꿈을 꾼답니다
물결이 일었어요
속날개로 바람을 싣고 날았답니다
저 하늘 어느 별에선가
나래를 펴는 날개깃소리를 들었답니다
문을 열고 나와 신을 신으며 고개 들고
나를 바라보며 환하게 웃는
이웃집 여자아이를 보고 싶어요
날개를 잡으러 다가오는 떨리는 손을 보고 싶어요
보고 싶고 그립고 풀들이 돋는 마당가 텃밭에 날고 싶어서
그리운 골목길을 지나 강가에 핀 자운영꽃에 앉고 싶어서
이렇게 날개를 접고 꽃밭에 앉아 꽃들을 들여다보고
나뭇가지를 올려다보며 날아가는 새를 부르고
속날개를 바람 속에 감추어둔답니다
날개를 접었다 폈다 내 날개는
당신에게 가는 내 비밀입니다
밤하늘에 둥근 달과 그 곁에 빛나는 은하를 지나
하늘의 별들을 모두 데리고

나에게로 날아오는 나비떼들을 만나고 싶답니다
풀들이 돋아나는 땅
어린 새들이 나는 하늘
지구를 떠도는 슬픈 눈동자
날개를 폈다가 도로 접는 수많은 날개들
막 돋아난 쑥잎 끝에 맺힌 이슬방울 하나
내 고향은
봄비가 흔적도 없이 사라지는
그런 강물을 가지고 있었답니다
미소를 보내주세요 눈물을 부르는 푸르른 숨결을
아직 새들도 지나가지 않은 나뭇가지들과
이슬이 떨어지지 않은 아침을 가지고 있는
밀밭에 장다리꽃
날개를 펴고 지붕을 넘어 날아온
꽃, 그 꽃
마루 끝
내 곁에 모로 누워 눈을 뜨던
행복한 그 꽃잎을
따라온
그
나비

그렇게 말해놓고

　사람들이 우리집 마루에 앉아 앞산 앞내를 바라보며 좋다
봄이다 저 물에 저 산 복사꽃 지네 저 새잎 좀 봐 지금 잎 피
는 저 나무는 참나무지 한다 그러면서 여기 이렇게 앉아 있
으면 나도 시를 쓰겠네 시가 절로 나오겠네 하다가 나를 보
며 내가 이해하게 자세히 웃어준다

모두가 첫날처럼

감나무도 잔디도 돌담 속에 박힌 돌들도 느티나무도 텃
밭의 배추도
팽나무도 박달나무도 오동나무도 누워버린 강아지풀도
한 계절 울면서 빈 몸으로 서 있을 수밖에 없는 강변의 억
새도
산꼭대기 소나무도 바위 난간 참나무도
두릅나무도 붉은 찔레 열매도 버드나무 실가지도 고춧대도
빈 논 지푸라기도 타다 만 비닐 뭉치도
지붕들도 굴뚝도 길가에 흙도 노란 왕겨 속 마늘 싹도
고장난 경운기도
바람을 따라가지 못한 나비도
아무 일 없었다는 듯이
지난날의 일들을
까맣게 다 잊었다는 듯이
오늘이 첫날이라는 듯이
서리를 하얗게 쓰고 있다

웃으면서 한 걸음 더

네가 거기
서 있었어
웃으면서
내가 이리 와, 그랬더니
걸어왔어
웃으면서
나도 걸어갔지
다정하게 소곤대며 은근하게 깊어지는
화창한 봄날에
꽃 피고 새가 우니
얼마나 좋았겠어
네가 거기 섰어
조금 더 걸어와, 그랬더니
네가 조금 더 걸어왔어
웃으면서
나도 걸어갔지
더 와봐, 그러면서
더 가까이
조금 더
갔지
내가
거기야, 그랬는데
한 발 더 왔어

네가
웃으면서
제법
도도하게

지금이 아니면 언제 또 우리가 사는 이 세상을 사랑하게 될까

사는 대로 생각하지 마라
생각대로 살아라, 라는 말을
어디서 읽었다.
사는 대로 생각하면
지금 사는 것처럼 살게 된다.
세상에 새로운 말은 없다지만
세상은 생각에서 나온 말로 살아왔다.
이런 옛말도 있다.
생일에 잘 먹자고
열흘을 굶었더니, 생일날 아침에 죽더라.
내가 지금 괴로운 것은
내가 하고 싶은 일을 하지 않고
있기 때문이다.
두 손에 쥐고 있는 것을 놓아라.
그래야 세상이 내 것이 된다.
세월은 간다.
그걸 두려워하라.
누구나 길이 없는 산 아래 서 있다.
지금이 아니면 언제 이 어려움을 이겨내고
지금이 아니면 언제 또 우리가 사는
이 세상을 사랑하게 될까.
어제는 가버렸고
내일은 오지 않았다.

불행을 붙잡고 앉아 있지 마라.
일어서자.
지금이다.

기억의 노란 날개

곁에서
세찬 비가 쏟아져도
빗소리가 들리지 않을 때가 있다
빗방울들이 마당 가득 튀어오르는데
날개는 딴 데가 젖는다

칸트의 배경

'칸트는 참으로 선량한 사람이다.
바로 이것이 그가 오늘날에도 세상에서 의미를 잃지 않
은 이유다'
'건축술이란 체계들의 기술'을 말한다.
'혁신이란 끝이 없는 착오들을 결론짓고'
'배경 없는 자율'
'배경 없는 자율'이란 말이 이해되었다. 아니 좋았다.
별들이 떠 있는 마당을 지나 서재로 왔다.
하늘은 별들의 배경이 아니다.
'각하께
공손한 서생
쾨니히스베르크
1781년 3월 29일
임마누엘 칸트'
'공손'이란 이 말은 그가 쓴 책 머리말
끝부분에 있다.*

* 이 시는 임마누엘 칸트의 『순수이성비판』(백종현 옮김, 아카넷,
2006)을 읽으면서 내 일기장에 써놓은 글이다.

우산

이웃집에서 금방 딴 오이 세 개를 들고 오셨다.
받아들고 한참을 내려다보았다.
아랫집에서 삶은 감자 세 개를 비닐봉지에 담아 오셨다.
김 서린 봉지가 뜨거웠다.
오후에, 찰밥을 들고 오는 옆집 아주머니를 길에서 만났다.
접시로 밥을 덮은 양푼이 따뜻하였다.
해질 때
후드득 비가 내렸다.
아내와 내가 우산을 쓰고 강으로 가는데
판조 형님과 당숙모가 회관을 나서는 것이 보였다.
처마 밑에 나란히 서서 오는 비를
우두커니 바라보고 있었다.
발길을 돌려 나는 형님을 아내는 당숙모를 비 마중 하였다.
형님이 우산 밑을 나와 자기 집 처마 밑으로 들어가신다.
까만 우산 아래
당숙모가 한 손으로 무릎을 짚고 다른 손으로
아내 허리를 붙잡고 뒤뚱뒤뚱 걸어
천천히 집으로 간다.
당숙모 굽은 등허리 맨살에 비가 들이친다.
보고 서 있었다.

오늘이었다.

참새 머리로 들이받기

명랑에 기대기
시시콜콜에 기대기
구름에 기대기
절망에 웃기기
바람을 정면으로
형편없는 인류의 희망을
들이받기
턱없이 행복한 이
무능의 시대를

달이 다니는 길

달이 떴다
산을 넘어온 달이
강을 건너 마을로 오고 있다
시의 길은 달이 다니는
길처럼 아름답다

3부

말이 싫은 시가 나는 아름답습니다

봄비

내 손이 가만히 있으니
세상이 다 고요하구나

이 마음

새들이 걸어간 모래 발자국 속에

하나둘 허물어지는 흰 모래알들을

오래 들여다보고 앉아 있었다

내가 알기로 분명 바람은 불지 않았다

내가 어디를 보았다

우리들의 꽃밭

해뜨기 직전에 앞산 머리에 층층으로 구름 두 덩이가 검
게 떠가네요
무엇이 탔는지 구름이 덤벙덤벙 떠가면서 까만 부스러기
가 떨어졌습니다
새들이 부스러기들이 땅에 닿기 전에 낚아채가려고
나무 꼭대기에서 돌멩이들처럼 날개를 접고 땅을 향해 떨
어집니다
문득, 직전이라는 말이 앞산에서 해로 올라오고 있습니다
날거나 타거나 죽거나 헤어지거나 떠나가거나
무엇이든 결과가 나타나게 되어 있는 게 직전입니다 그
리하여 나는
직후라는 말을 어디다가 쓸까를 생각하게 되었습니다.
아내가 출타하면서 남쪽 마당이 있는 큰집에 널어놓은 이
불 빨래를
한번 뒤집어 널라고 했습니다
봄 빨래는 겨울 빨래입니다 사흘째 부는 봄바람 속입니다
바람도 불고 엉뚱하게도 날씨가 냉랭해서 새 이파리들이
냉해로 샛노랗게 질렸습니다
어제 그제 사다 심은 풀꽃들에게 물도 줘야 합니다
어린 꽃들이 죽을 것처럼 시든 어깨를 축 늘어뜨리거나
저런 젠장 나 죽겠다고 고개를 꺾었습니다
물이 목에 차서 죽거나 아니면 목이 말라서 죽을 꽃이 생
길 것 같습니다

아침저녁으로 물을 준다고는 하지만
물이 비가 아닌 바에야 골고루 간다는 약속은 안 합니다
강가에서 먼저 바람이 일어납니다
그렇잖아도 서로 거리가 먼 사람들이 사회적인 거리를 두
고 있으니
서로 안 보일 때까지 간격이 더 멀어져서
서로 무관하게 될까 그게 나는 크게 두렵습니다
계급적 외면을 추근대는 자본의 간교한 습성은 인간을 버
리게 되거든요
인류의 새 교정자로 등장했다는 바이러스에
눈부신 인류의 문명이 이렇게 얼굴 가리고 허둥대다니
그러나 눈으로 웃지 못하겠어요
두려움을 두고
어제가 너무 멀리 가버렸지요
철학은 넘치는데 수학이 모자란 탓이지요
문제는 제도지요
결국이 나는 무섭고 설 자리 없는 결과에 절망합니다
바람 부는 나무에게 내 마음을 주어버리기도 합니다
나무들은 아무리 거센 바람이 불어도 바람을 타고
제자리로 돌아와 두 손을 털고 바로 서니까요
그 나무 위 까치집도 그걸 알아서
이 바람에도 쇠 없이 지은 집 나뭇가지 하나 엇나가지 않
습니다

참새들만이 집 지을 새 풀잎을 물고 날다가 놓칩니다
작은 새일수록 생각과 판단과 결행이 동시에 일어나다보니
나도 몰래 나도 모르는 말이 나와 입에 문 것들을 놓칩니다
새들도 사람들처럼 아직 입의 진화가 덜 되었습니다
그런데 그거 아세요? 새들의 집에는 먹이를 비축할 창고가 없어요
참새들은 새로 돋은 푸른 나뭇잎을 집 지을 자재로 쓰고
폐비닐 조각을 쓰기도 합니다
새들도 집을 지으면서 죽기 살기로 심하게 다툽니다
죽을 때까지 오손도손 같이 살려고 집을 짓다가
딴 방 차릴 수도 있는 것이 집짓기잖아요
처마 밑을 나온 참새들이 큰 소리를 지르며
전쟁 게임 속의 신형 스텔스기처럼 자유자재로 공중전을 벌이기도 해요
그래도 화기가 애애해서 집으로 돌아옵니다
노동에는 상의와 합의가 필요하거든요
집이 그 사람입니다
밭이 깨끗한 사람은 집도 깨끗합니다
마음도 그런지는 모르겠어요
벌써 해가 강가까지 갔네요
나에게는 저 하루가 늘 벌써지요
어제가 이렇게·소용없어지면

내일까지 눈물이 날 것 같아요

이불솜으로 냉기와 습기가 찾아들기 전에 빨래를 걷어

내년 봄까지 올봄 햇살을 고이 접어 개서 쌓아두어야 합
니다

강가에 느티나무가 새잎을 가득 피워내며 나더러 아버지
어디 가셨냐고 묻습니다

1984년에 돌아가셨으니까 일제 36년하고 그 햇수가 같은
데 지금도 해마다

잊지 않고 어디 가셨냐고 묻습니다

내년에는 나도 아버지가 어디 가셨는지

대답을 공부해둘 생각입니다

시인

나비는 날개를 펼 때
권력을 이용하지 않는다
시인은 나비의 바람으로 정치를
기술한다

시집

시집을 강물이 보이는 마루 끝에 펼쳐놓으면 나비들이 날
아오면 좋겠다
별이 달을 데리고 놀러오면
그때가 어느 때든
바람으로 나는 곤히 잠들겠다

아름다운 균형

비 그쳤다 앞산 나무들이 촉촉하게 젖어 어제와는 다른 색을 찾았다 강길을 걸었다 어떤 새가 강 건너에서 운다 처음 듣는 새 울음이다 문득 섰다 강 가운데 궁둥이가 노란 논병아리 두 마리가 교대로 잠수하며 만들어놓은 동그란 파문이 사라지기 전에 또 솟구쳐 파문을 만들어놓고 동동동 떠서 숨을 깊이 들이마시고 다시 잠수한다 논병아리가 물속을 헤엄치는 것이 보인다 물속에서 빠르기도 하다 들이마신 숨의 양보다 오래 견디고 있는 것 같아 내가 숨이 찰 때가 있다 마을 앞 느티나무 꼭대기에 까치가 집을 수리하고 있다 새들 중에 까치만 작년 집을 수리하여 보전한다 봄비 온 날 아침에는 까치의 흰 날개가 더욱 희다 큰집 형님이 손가락보다 크고 지휘봉 길이만한 나뭇가지를 물고 날아가는 까치를 올려다본다 무거워 보인다 아내는 텃밭에 상추씨를 뿌린다 상추씨는 모래를 섞어 바람들이 자고 있는 아침에 뿌려야 한다 상추씨는 덮지 않는다 덮는 시늉만 한다 농사에서의 이 시늉은 과학화되어 전해내려오는 농경사회의 전통 물리다 쌍떡잎식물들은 씨껍질로 모자를 만들어 쓰고 밖으로 나온다 두 개의 떡잎을 모자 속에 감추고 흙과 흙 사이를 지나 지상으로 나와 바람과 햇살 속에 며칠 있다가 모자를 벗어가며 두 개의 떡잎을 펼친다 어떤 싹은 흙을 이고 땅속에서 나오다가 농부들을 만나 놀라기도 한다 오늘은 보름이다 붉은머리오목눈이들이 무릎 꿇은 다리와 나뭇가지를 움켜쥔 발가락을 가슴에 묻고 앉아 풀잎 사이로 달이 가는 길

을 보고 있을 것이다 뇌의 절반씩 번갈아가며 잠을 자는 새
들도 있단다 어느 날 나는 가시덤불 속에 앉아 있는 붉은머
리오목눈이하고 눈이 마주친 적이 있다 차분한 얼굴이 나를
오래 보고 있었다는 생각이 들었다 그의 까만 눈을 보고 서
있었다 달이 뜨고 달이 지는 물가에 나의 집이 있다 아침에
들었던 새소리가 어느 쪽에서 들리는 것 같다 사태의 추이
를 보아가며 기우는 집의 균형을 잡아간다

독립된 자유

애기 개구리 한 마리가 내 앞길을 가로질러 뛰어간다. 꼬리를 잘 마무리하고 며칠 지났나보다. 내 손으로 한 뼘 정도 멀리 뛴다. 내가 실지로 재어보았다. 개구리가 길을 다 건너뛸 때까지 멀쩍이 떨어져 서 있었다. 땅을 차며 뛰는 경쾌한 몸짓을 얻었다. 독립된 자유, 성공한 몸짓이다. 이슬 내린 풀숲으로 폴짝 뛰어들어갔다. 풀잎 몇 개가 흔들리고 이슬들이 떨어지는 것이 여실히 보였다.

슬픈 역사

　민달팽이가 길을 건너고 있다. 길은 아스팔트길, 외롭고 고독한 시간이다. 작은 막대기로 민달팽이 몸 가운데를 살짝 들어올렸다. 내 맨손보다 나무막대기가 달팽이 몸에 익숙할 테니까. 나는 그렇게 생각했다. 민달팽이가 가려는 곳이 어디인지 모르지만, 방향이 그쪽이어서. 길 건너까지 가만가만 걸어가 키 낮은 풀밭 위에 살며시 내려놓았다. 달팽이를 들고 가면서 "너 길 잘못 들었다. 이곳은 위험하다" 사실상 전투력이 전무하다는 그들의 오랜 역사를 내가 자세히 모르기 때문에 그렇게 내 생각대로 말했다. 내 말을 알아들으면 좋겠는데, 말을 알아듣지는 못해도 내 마음이라도 전해졌으면 좋으련만, 강길은 호젓했다. 너무나 호젓해서, 내가 달팽이일 수 있다는 생각이 들기도 해서 슬퍼했지만, 내 생각이 다 틀리지만은 않았다는 그 생각에 나는 내 전신이 괴로웠다.

나비하고 놀다

해질 때 걸었다
호젓한 강길에 나비 네 마리가 놀고 있어서 같이 놀았다
나비들이 앉아 노는 사이를 헤치고 들어가 두 손을 휘휘
휘저었다
나비들이 멀리 날아가지 않고
내 주위를 맴돈다
나비 나비 나비 나비
흰나비 네 마리
내 몸 주위를 뱅뱅 돌며 난다
내 손가락에 사이에 나비들의
날개 바람이 닿았다

속날개가 다 마를 때까지

나비들은 서 있는 풀잎을 붙잡고 잠을 잔다
명아주 잎 위에 날개를 얌전히 접어 포개놓고
모로 누워 자기도 한다
아침해가 떠서 속날개가 다 마를 때까지
몸을 뒤척이지 않고
날 때를 기다린다

어디다가 정든 집을 지을까

강길을 거슬러 걷다가 징검다리를 건너 고추밭을 지나 바람 부는 언덕을 올랐다. 언덕을 내려가면 초등학교가 보이는 이웃 마을이다. 능소화 핀 흙담집을 지나 고샅길을 빠져나가면 마을 앞 느티나무다. 다시 강을 건너고 시냇물 하나를 건너서 흐르는 강물을 따라 집으로 올 때까지 어느 날은 인적 없다. 벌써 하루해는 짧아지고 밤은 길어진다. 산밑에 새로 지은 낯선 집에 노란불이 켜진다. 산이 눈을 뜨는 것 같다. 채취의 양과 식사량의 균형을 맞춘 새들의 하루는 벌써 잠잠하다. 집에 와서 새들이 잠든 검은 산을 보며 늦복숭아를 베어먹는다. 하루가 금방이다. 그 누구도, 다 같은 길이로 하루해를 살았다. 똥구멍이 없는 하루살이들도 하루를 근면 성실하였다. 귀뚜라미들이 우는 풀섶에서 벌써 쑥부쟁이가 피어난다. 벼들은 하루이틀 사이에 쑥쑥 팬다. 곧 트랙터가 벼들을 털어 땅에 닿기 전에 담아갈 것이다. 참새와 고추잠자리가 한 가닥 전깃줄에 앉아 고민하고 생각한다. 오이와 가지와 옥수수와 들깨와 고추가 한 밭에서 자란다. 토란 밭 풀을 뽑으면, 그 자리에서 또 같은 풀이 돋아난다. 옥수수는 어느새 자기 할일을 다했다고 길게 눕고 참깨는 탈탈 털린다. 고구마는 넝쿨을 멀리 뻗고 파는 푸른 공기를 온몸에 넣어가며 팽팽하게 부푼다. 고구마가 땅속에서 커갈 때 부지런한 손들은 가을을 믿고 배추씨를 땅에 묻는다. 저녁거미는 거미줄 한쪽 끝을 바람에 날려 저쪽 감나무 가지까지 외줄을 타고 건너간다. 참새들은 감나무에서 처마까지 빈 빨랫줄처럼 직선으로 난다. 새들이 날아가는 직선에는 생존의 두려운 냄새가 있다. 오래 끌던 더위도 아침저녁으로 문을 닫는다. 풀과 나비들은 햇살의 쇠잔을 자연으로 받아들인다. 배춧속은 알아서 차오른다. 달이 서산에 걸렸다. 달빛이 부서지는 여울에서 반가운 감의 얼굴이 나타나고 아내는 풀잎 끝에 맺힌 별을 찾고 땅은 서리를 부르리라. 끝내 못 찾았던 호박이 돌담 위에서 누렇게 익어가고 무들이 솟아오르며 땅을 밀어낸다. 봄비 왔을 때 바랐던 농사는 차례차례 이루어지고 여름은 지루하였으나 수긍과 긍정의 열매를 세상에 주었으니 자연이 하는 말을 알아들은 가을이 와서 새들을 다 자란 빈 가지로 독립시킨다. 독립은 존중이다. 나는 시를 썼으나 나무들처럼 제대로 서지 못하였고, 강길을 걸었으나 청개구리 같은 길동무 하나 사귀지 못하였다. 작은 달팽이들이 한 뼘 길을 건널 때, 한 치 건너 다른 풀잎으로 건너뛸 수 없는 이슬처럼 나는 때로 삶의 사실들이 두려웠다. 어둠은 건너뛰지 않는다. 움직임이 세상을 발굴한다. 해 있을 때 나가 해 없을 때 나는 내게 왔다. 가을을 아는 저녁 어스름은 땅에서 올라온 이슬을 만나 돌 밑에 서리를 치고 내 등은 시려온다. 돌들이 없다면 어둠은 어디서 오고 물고기들은 어디다가 정든 집을 지을까. 한 계절은 희미하게 가고 어둠을 밀어내며 달이 강물로 들어서는 시간, 산 아래 물가에 서서 나는 무엇을 묻고 무엇을 답할까. 나의 하루는 흔들리는 두 손 내려놓은 늘, 여기까지였다.

정의의 결과

마을 사람들은 아무나 강을 건너오라고 부르지 않는다
강물 소리는 아무나 길을 터주지 않는다
정의의 결과이다

그것은 아름다운 변화

밖으로 나오다가 다시 들어가 양말을 신고 나왔다.

이슬이 찬바람을 만나 서리가 되는 날이다. 아름다운 변화, 그것은 창조, 첫서리는 해마다 첫서리다.
감잎이 날개 접은 참새들처럼 마당으로 물들며 뛰어내린다.

비다. 우산을 폈다. 우산 위에 빗소리가 멀다. 보슬비다. 빗방울들이 길바닥 작은 웅덩이에 한 뼘 지름의 동그란 파문을 만든다. 빗방울의 파문은 파문의 중심을 두지 않는다. 파문의 물가로 밀려나가며 희미해지는 내 얼굴 표현이 아름답다. 이것은 순간, 그리고 사이의 사이, 산이 눈을 감고, 풀 잎마다 이슬들이 끝으로 모여든다.

텃밭 마늘들이 손가락 길이로 자란다. 몸을 더 키우면 안 되는데? 야윈 물소리가 손을 내밀어 비를 잡아 다닌다. 비가 휘어지고
어린 청개구리가 흰 배 밑으로
앞발을 자꾸 감춘다.

그들 곁으로 걸어가다

　새들이 날고 바람이 불고 눈이 오는 일처럼 두려움을 버리는 일을 돕는다 세상에 가장 아픈 곳은 없다 아픈 곳이 있다 못 견딜 외로움을 달래는 별들이 세상 어딘가에 있다 괴로울 때 별들은 움직인다 적대감을 푸는 일 제압과 삼엄한 경계와 성난 공격의 날 선 경쟁의 자세를 해제하는 평화와 해방의 언덕에 어린 살구나무가 살구나무로 자라는 일을 돕는다 외면과 잔인한 무관 슬픔 격노 영혼의 소비 우리는 무엇에 격노할 것인가 전쟁 고통받는 아이들의 두려운 눈 버림받은 어른들 공사장 돌 틈에 끼인 풀벌레 울음소리 세상은 괴로움 천지다 시는 가진 것이 없어서 그들 곁으로 말없이 걸어갈 수 있다

어느 날도 오늘 같은 날은 없다

나는
아무 일이 없습니다
평생 그랬습니다
사람이 사는 데 무슨 일이 있겠습니까
내게 무슨 일이 있다면
누구에게나 다 있는 그 일일 것입니다
아름답지 않습니까
아무것도 아닌 내가 아무것도 아닌 것이
그리고 아무 일도 없는
오늘은 눈이 옵니다 나는
찾고 싶은 것이 있다는 것을 알았습니다
내 시는 달 아래 있습니다
어느 날도
오늘 같은 날이 없다는 것을 알지만
말이 싫은 시가
나는 아름답습니다

내 아침의 그쪽

아직 어둠이 마을에 있을 때
나는 일어났네요.
먼저, 돌담에 기대고 선
괭이를 헛간에 편하게 걸어두었습니다.
어젯밤에 본 구름이 비를 뿌리고 지나갔는지
콩잎에 얹힌 이슬들을 유심히 바라보았습니다.
강가에 다녀왔어요.
마음이 좀 그럴 때면
나는 강에 갔다 옵니다.
마음을 달래려고 간 것은 아니고요.
앞산 숲에서 지저귀는 수많은 새 울음소리에 귀를 기울여
오늘 새로 우는 새소리를 찾아
혹시 그 새가 물방울을 물고 날아와서
아직 나지 않은 텃밭에 묻힌 참깨씨에 떨구어주지 않았
을까
생각한답니다.
언젠가 꾀꼬리가 노란 날개로 강물을 찍어가는 것을 보
았거든요.
가문 물가로 따라내려온 새들의 갈증은 아름다워요.
이장네 생강 싹이 볏짚을 뚫고 꼬불꼬불 돋아나네요.
시골에 살다보면 무엇이든지 다 연결이 되지요.
수국에 물을 주고
해바라기에게 물을 주고

그쪽으로 가면 안 되는
담쟁이넝쿨을 이쪽으로
말려주었습니다. 어제 그제 아침에도 그랬는데
왜 이럴까.
담쟁이넝쿨이 기어이 가려고 하는
방향을 바라보았습니다.
날이 가물어서요.
막 돋아난 콩잎 한 장 밑
그늘도 적시지 못한 비가
어젯밤 지나갔나봐요.
콩잎 위에 몇 방울 이슬은
어젯밤에 간신히 받은 빗방울입니다.

달과 걷다

달을 보았다
마당에 서서 달을 보다가
강으로 걸어나가
물속을 내려다보았다
달이 희고 강이 검다
달빛이 물에 번지지 않았다
강물이 달이 이상하였다
달이 식은 납 같다
검은 산이 건조한 종잇장같이 바스락거린다
연결이 없다
내가 걸어가자 달이 산 뒤로 숨었다
나는 검게 걸었다
산의 테두리선이 희게 나타나고
달을 뒤에 둔 산의 전신이 점점 새까매진다
내가 걸어가자 달이 산 뒤에서
둥글고 하얗게 나왔다
내가 섰다 달이 섰다 산이 섰다
달이 물에 둥둥 떠 있다
떠내려가지 않았다
달이 이상하였다 산 뒤로 한번 가볼까
뒷산이 강 건너 앞산을 바라보다 심각하게 자기를 내려
다본다
나도 나를 심각하게 내려다보았다

수면을 걷어낼까 들춰볼까 태워볼까 열어볼까
산을 살짝 밀어볼까 달을 건져볼까 물을 퍼내볼까
달과 걸어본 것이 오랜만인데 방으로 들기 전에 뒤를 돌
아보았다
내가 알 수 없는 지병을 가진 이웃 동네 어떤 어른처럼
달은 산 아래 바위 위에 앉아 병색 짙은 얼굴이다
먼지 낄라
달로 애쓰지 말자
나는 일찍 잔다 건조한
밤이면 밖에 나가지 않는다

다시는, 다시는

나비는 시에서 태어났다
말로 날개를 단 것들의 괴로움을 알고 있는 그 나비는
다시는 시에 앉지 않는다

발문

나—비(非)의 순리 잡기
오은(시인)

앎에서 모름을 줍는 일

삶 앞에서 자신 있게 "안다"라고 말할 수 있을까. 그것은
자랑스러운 일이기만 할까. 남보다 먼저 깨달아 아는 사람
은 항상 그 깨달음을 과신하거나 과시하고 싶어할까. 선지
자의 눈에서는 만물이 마냥 생동하는 것으로 보일까. 이미
알고 있다는 데서 오는 피로감은 없을까. 반대로 물어보자.
삶 앞에서 자신 있게 "모른다"라고 말할 수 있을까. 그것은
부끄러운 일이기만 할까. 연륜이 쌓일수록 늘어나는 질문
에 과연 익숙해질 수 있을까. 질문 앞에서 대상은 매 순간
다른 표정을 보여줄까. 묻는 이 앞에서 풍경은 매 순간 다른
비밀을 보여줄까. 아직 모르는 데서 오는 불안함은 없을까.
김용택의 시집 『모두가 첫날처럼』에는 아는 일과 모르는
일이 가득하다. 살기에 알지만, 살아서 모르는 일투성이다.
더 살아서 아는 일은 덜 살아서 모르는 일과 크게 다르지 않
다. 알다가도 모를 상황이 앞다투어 튀어나오기도 한다. 아
는 일로 기울어질 때 관조(觀照)는 재확인으로 싱겁게 끝나
지만, 모르는 일로 방향을 틀면 관조는 빛나는 발견으로 이
어진다. 시인은 안다고 생각했으나 몰랐던 장면, 알아서 모
르는 척했던 풍경, 알 듯 모를 듯한 수수께끼를 사방에서 줍
고 다닌다. 줍는 일은 허리를 숙이는 일, 몸을 낮추는 일, 겸
허해지는 일이다. 그의 시편에 깨달음 뒤에 찾아오는 물음
과, 물음이 물고 오는 깨달음이 가득한 것도 이 때문이다.

물음과 깨달음이 반복되는 삶은 한시도 지루할 새가 없다.

모든 오늘은 처음이다

오늘을 사는 것은 우리 모두 매일반이다. 오늘을 살되 옛
날을 그리워하거나 특정한 앞날을 바랄 수도 있을 것이다.
'어느 날'을 떠올리며 상념에 잠기거나 다가올 '처음'을 그
리며 설렐 수도 있을 것이다. 수행은 다름 아닌 오늘의 몫이
다. 오늘을 기점으로 어느 날은 구체적으로 형태가 그려진
다. 오늘이기에 처음에 압도될 수 있다.

시인의 이전 시집 두 권을 펼쳐 서시를 다시 읽어본다. 「어
느날」과 「어린 새들의 숲」이다.

나는
어느날이라는 말이 좋다.

어느날 나는 태어났고
어느날 당신도 만났으니까.

그리고
오늘도 어느날이니까.

나의 시는
어느날의 일이고
어느날에 썼다.
　　—「어느날」(『울고 들어온 너에게』, 창비, 2016) 전문

올해 태어나 자란
어린 새들이
앳된 울음으로
나뭇가지 사이를 날아다닌다

신비로운 첫 서리,
당신이
처음입니다
　　—「어린 새들의 숲」(『나비가 숨은 어린나무』,
　　　　　　　　　　　문학과지성사, 2021) 전문

　어느 날에 쓰인 시들이 읽히는 때는 다름 아닌 오늘이다.
첫서리는 가을 복판에서 매년 신비를 선보인다. 언젠가는
오늘도 가뭇없이 어느 날이 될 테고 처음이 반복되면 곧장
다음이 되겠지만, '지금'에 집중하는 한 오늘의 발견은 별똥
별처럼 여운이 길다. 아는 세상에서 모르는 것을 찾아 헤매
다 그것을 발견하는 순간, 온몸으로 기뻐하는 시인의 모습
이 그려진다. 이것은 모르는 세상에서 아는 것을 찾아 헤매

는 일보다 얼마나 느긋하고 건강한가. 그에게 오늘은 마주침의 가능성이 농후한 시간이다. 오늘은 좀체 끝나지 않는다. 끝나도 내일 다시 시작된다.

발견하기로 단단히 마음먹은 이에게 '처음'은 자꾸 나타난다. 그러므로 김용택에게 매일매일의 외출은 하나하나의 작은 모험이다. 발길 닿는 곳은 곧장 오늘자 발견의 현장이 된다. "오늘은 다시 손볼 필요 없는 평범한/ 발걸음으로 집에 돌아오고 싶다"(「우리들의 집」)라는 그의 고백에는 발견한 것을 발견한 상태 그대로 두고 싶다는 곡진한 바람이 담겨 있다. '스스로 그러한' 존재인 자연(自然)은 손볼 필요가 없다. 처음 또한 마찬가지다. 첫인상을 바꾸는 일에는 인위적인 노력이 필요하다. 첫맛을 다시 느끼려면 기억을 지워야 하고, 이미 공기를 타고 날아간 첫 음절은 다시 발음될 수 없다. 처음은 손볼 필요 없이 처음 그대로 두어야 한다. 시인은 오늘을 오늘로 산다.

시집에는 처음 마주한 장면, 오늘 스친 이야기가 가득하다. 시인은 그것을 건성으로 지나치지 않는다. 건성이 관성의 다른 이름임을 알기 때문이다. 익숙해지기 전에 '처음'으로 알아차리고 어느 날이 되기 전에 잽싸게 '오늘'로 받아들인다. 개입하는 것이 아니다. 집중하는 것이다. 집중하는 자에게만 감지되는 것이 있음은 자명하다. 시인이 "그중에 아침 이슬을 달고 있는 산앵두꽃의/ 앙증맞은 저 집중은/ 나를 바꿀 만하다/ 지금을"(「산앵두꽃」)이라고 말할 때, 그는

집중 속으로, 바로 지금을 향해, 자기 내면으로 으늑히 파고
드는 것이다. 이슬 '맺힌' 산앵두꽃이 아닌, 이슬을 "달고 있
는" 산앵두꽃인 이유도 여기에 있다. 집중은 능동이고, 자기
자신뿐 아니라 주변 풍경도 움직인다.
　이제, 처음 마주한 장면은 처음 '만난' 장면이, 오늘 스친
이야기는 오늘 '길어올린' 이야기가 된다. 관조에서 한 발
짝 더 들어가면 동화 작용이 시작된다. 생동하는 능동이다.

　　어떤 새가 강 건너에서 운다 처음 듣는 새 울음이다 문
　득 섰다
　　　　　　　　　　　　　　　　　—「아름다운 균형」 부분

　　나는 늘 마을을 뒤돌아보았습니다 애잔은 내 시의 처음
　이었으니까요
　　　—「슬픔으로 아름다움을 설명할 수 있는 별들의 표정을
　　　　　　　　　　　　　　　　　　　　나는 알아요」 부분

　"처음 듣는 새 울음"은 이전에 들었던 새 울음들이 있어
야 존재할 수 있다. 그것을 간파하는 일은 각각의 울음을 흘
려듣지 않고 귀담아듣는 자세에서 비롯할 것이다. 마찬가
지로 "애잔은 내 시의 처음이었"다고 말하기 위해서는 이
전에 썼던 시들이 우선하여 존재해야 한다. 썼던 시들을 톺
아보는 일은 "마을을 뒤돌아보"는 일과도 같다. 여기서 마

을은 일차적으로 여러 집이 모여 사는 곳을 의미하지만, 말들이 거주하는 부락이자 시가 태어나는 현장을 가리키기도 한다. '애잔'의 본질을 간파하기 위해서는 회고를 오늘과 잇대지 않으면 안 된다. 뒤돌아보지 않으면 깨달음은 여간해서 찾아오지 않는 법이다.

이번 시집의 문을 여는 시는 「등이 따뜻해질 때까지」다.

창문이 밝아오자 창문을 열고
별들을 내다보았다
나무들이 곳곳에서 반듯하였다

강 건너 길을 걸었다
어린 쑥들이 마른 풀밭 잔돌 곁에서 돋아났다
서리가 녹아 돌도 쑥도 젖었다

누가 텃밭을 파는지
흙을 파고드는 호미 끝에 자갈 닿는
소리가 강을 건너왔다

등이 따뜻해질 때까지
강가에 앉아 있다가
왔다

무엇인가를 두고 온 것 같아
강 건너 그곳을
한번
건너다보았다

　　　　　　—「등이 따뜻해질 때까지」 전문

　창문이 밝아온다고 할 적에 우리가 떠올리는 건 으레 아침
이다. 해가 뜨고 햇살이 창문으로 비껴 들어오면 "아, 밝다"
하고 작은 탄성이 튀어나온다. 시인은 햇빛뿐 아니라 별빛
에도 반응한다. 그 총총한 빛 하나하나를 모아 높다란 빛기
둥을 세운다. 밝은 밤, 밖에 나가지 않을 도리가 없다. 역설
속에 깃든 진리를 시인은 외면하지 않는다. "강 건너 길을"
걷다가 "어린 쑥들"과 "마른 풀밭 잔돌"을 발견한다. 누군
가에게는 그저 쑥과 돌이겠으나 시인에게는 "서리가 녹아"
'젖은' 쑥과 잔돌이다. 더 보려고 하는 이에게만 풍경은 선
선히 전후 사정을 보여준다. 강 건너 어딘가 "흙을 파고드
는 호미 끝에 자갈 닿는/ 소리"까지 들을 수 있을 만큼 시인
은 현재 기민한 상태다. 텃밭을 일구는 장면은 강을 건너와
생명을 움트게 하는 온기로 전달된다. "등이 따뜻해질 때까
지/ 강가에 앉아 있다가" 오는 마음, 그리고 "무엇인가를 두
고 온 것 같아" "한번" 더 "건너다보"는 마음은 오늘을 여
기에 매어두겠다는 다짐이 된다. 그 순간이 있었기에 오늘
은 비로소 오늘의 빛을 얻었다.

"어느 날도/ 오늘 같은 날이 없다는 것을"(「어느 날도 오늘 같은 날은 없다」) 깨달은 이에게, 모든 오늘은 처음이다. 묻고 깨달으면서 그는 매일 오늘을 산다. 적극적으로 처음을 기다린다.

이는 파문과 일으키는 파문

기다리는 상태는 멈춰 있는 상태가 아니다. 가만있다고 해서 아무 일도 벌어지지 않는 것 또한 아니다. 머릿속이 복잡할 수도, 마음이 법석일 수도 있다. 한발 더 나아가, 존재의 이유를 헤아리는 일도 가능하다. "방바닥에/ 떨어진 꽃잎을/ 주우며" "어제보다 조금 더/ 날아간 꽃잎도 있다고" 생각하는 일은 "삶의 무게"(「조금 더 간 생각」)를 거슬러 비상하는 일이기도 하다. "핸드폰 불빛으로 발밑을 비추어보"다가 "토도도톡 툭 튀어오"르는 희고 찬 "생의 순간들"(「생의 순간들」)을 마주할 수도 있다. 지금을 똑바로 응시하기에 일어날 수 있는 파문이다. 가만함 속에 깃드는 반짝임이다.

익숙한 곳에서도 파문은 곧잘 인다.

나는 어제 걷던 길을 다시 걷는다
어디를 가든 어디로 가든
마음을 담은 한 걸음이 한 걸음을 배워

저 마을의 한 걸음에게 간다

—「마음을 담아 걷다」 부분

　매일 걷는 길이 지겨울 만도 하지만, 특정한 목적 없이 걷기에 "어디를 가든 어디로 가든" 심신은 가뿐하다. 그제야 "한 걸음"에 "마음을 담"는 일도 가능해진다. 도착하는 일보다 더 중요한 것은 "저 마을의 한 걸음에게" 가는 일이기 때문이다. 그래서 그는 늘 도중(途中)에 있다. 도중은 그만두고 포기하는 지점이 아니다. 차라리 걸음걸음 무수한 마주침이 예고된 공간에 더 가깝다. '저 마을'은 그저 걷기 위한 핑계일지도 모른다. 실제로는 유토피아처럼 어디에도 없는 곳일지도 모른다. 걷기는 무목적으로 이뤄진다는 점에서 맹목적이다. 맹목이기에 남들이 보지 못하는 것을 볼 수 있을 것이다.

　도중은 민달팽이에게 "너 길 잘못 들었다. 이곳은 위험하다"(「슬픈 역사」)라고 말하다 어쩌면 스스로가 달팽이일지 모른다는 걸 깨닫는 슬픈 현장이기도 하고, "세상은 괴로움 천지다 시는 가진 것이 없어서 그들 곁으로 말없이 걸어갈 수 있"(「그들 곁으로 걸어가다」)다고 고백하는 뒤꼍이기도 하다. 전자가 이는 파문이라면 후자는 일으키는 파문이다. 파문은 움직임을 수반하고, 이는 파문이든 일으키는 파문이든 파문이 지나간 자리는 예전과 같을 수 없다. "빗방울의 파문은 파문의 중심을 두지 않"(「그것은 아름다운

변화」)듯, 날마다 오늘을 살아도 오늘의 무게중심은 수시
로 변한다.

　그는 "마당에 서서 달을 보다가/ 강으로 걸어나가/ 물속
을 내려다보았다/ 달이 희고, 강이 검다/ 달빛이 물에 번지
지 않았다/ 강물이 달이 이상하였다"(「달과 걷다」)라고 혼
잣말하며 또다시 다른 길을 낸다. 별수없어서가 아니다. 없
던 길로 가보아야 새로운 길이 열린다는 것을 알기 때문이
다. 삶을 짓는 마을에서도, 시를 짓는 마을에서도 매한가지
다. 앞서 인용한 「마음을 담아 걷다」의 제목을 '마음을 담아
걸다'로 읽어도 좋을 것이다. 걷다가 멈춘 뒤 힘주어 묻는
일은 시간을, 마음을 거는 일이니까.

　마침내 시인은 확신한다. "내가 어디를 보았다"(「이 마
음」)라고. 어디를 본 사람은 보기 전으로 돌아갈 수 없다. "어
제 걷던 길"이 '오늘 걷는 길'이 되는 것처럼, 직전에 내디던
"한 걸음"과 이번에 내딛는 "한 걸음"은 절대 같을 수 없다.

　해질 때 걸었다
　호젓한 강길에 나비 네 마리가 놀고 있어서 같이 놀았다
　나비들이 앉아 노는 사이를 헤치고 들어가 두 손을 휘
휘 휘저었다
　나비들이 멀리 날아가지 않고
　내 주위를 맴돈다
　나비 나비 나비 나비

흰나비 네 마리

　내 몸 주위를 뱅뱅 돌며 난다

　내 손가락에 사이에 나비들의

　날개 바람이 닿았다

　　　　　　　　　—「나비하고 놀다」 전문

　위의 시를 읽으며 '나—비(非)'를 떠올렸다. '나'로 살
되 '나' 아닌 것들에 끊임없이 자극받는 시인의 얼굴이 그
위에 겹치기도 했다. '나'가 '나—비'가 되는 일은, 그리고
'나—비'로서 '나비'를 바라보는 일은 가장 적극적인 형태
의 능동이다. 자발적으로 다른 상태를 헤아리는 것이기 때
문이다. '나' 아닌 것들과 노는 시간은 자연에 속하는 시간
이자 순리에 젖는 시간일 것이다. 그러나 "내 몸 주위를 뱅
뱅 돌며" 날아도 나비는 '나'와 한몸이 될 수 없다. "내 손
가락에 사이에 나비들의/ 날개 바람이 닿아"도 나비는 '나'
를 쓰러뜨리지 못한다. 잠시 한눈파는 사이에 행방이 묘연
해질지도 모르지만, '나—비'는 그 "나비들이 앉아 노는 사
이를 헤치고 들어"간다. 알고 싶어서 온몸을 일으켜 일으키
는 파문이다.
　한편, 마을은 이전 시집 『나비가 숨은 어린나무』(이하 『어
린나무』)에서의 질문이 이어지는 당장(當場)이기도 하다.
오늘이라는 시간성을 확보한 현장인 당장은, '나—비'와 '나
비'를 만나게 한다. "나비는 얼마나 먼 데서 달려오다가 날

개를 달고 날아올랐을까요"(「나비하고 놀다」, 『어린나무』)라는 질문은 당장에서 "나비가 실어오지 못한 말들도 남았습니다"(「가을이라고 말 못 해서 겨울로 왔어요」)라는 깨달음으로 움튼다. "이 길 위에/ 검은 바위, 어린나무만이 나비를/ 숨겨준다"(「나비가 숨은 어린나무」, 『어린나무』)라는 관찰은 "시집을 강물이 보이는 마루 끝에 펼쳐놓으면 나비들이 날아오면 좋겠다"(「시집」)라는 바람으로 이어진다. "어쩌자고, 나비는 사람들이 버린 바람 속으로 날아왔을까"(「침묵의 유리 벽」, 『어린나무』)라는 탄식은 "나비는 시에서 태어났다"(「다시는, 다시는」)라는 선언으로 자리매김한다. '나'는 '나―비'로 변신했기에 비로소 나비가 되어볼 수 있었을 것이다. '나―비'는 무엇과도 동화될 수 있는 상태다.

"몸을 뒤척이지 않고/ 날 때를 기다"(「속날개가 다 마를 때까지」)리거나, "나뭇잎 뒤에서 쉰다고 하는 게 맞는"(「아니다, 나비가 잠을 잔다고는 말 못 한단다」) 상태는 순한 이치를 따르는 일이다. 아울러 "나는 아직 그 나비를 만나지 못했다"(「모르는 얼굴」)라는 고백은 '그 나비'를 만날 때까지 앞으로도 시는 계속되리라는 것을 암시한다. 이제 마을은 '나 아닌 것'이 '나 아닌 것들'을 이해하겠다는 의지가 펼쳐지는 장에서 호접몽이 현현하는 장으로 이어진다. 동시에 시인이 제아무리 자연스러워져도 자연과 같아질 수는 없다고 깨닫는 시간이기도 할 것이다. 그때마다 또다시 파문이 인다. 파문은 동심원을 그리며 퍼져나간다. 지난 시집과 이번 시

집이 이어지듯이, 오늘 다음에 또다른 오늘이 오듯이, 당장
이 매 순간 갱신되듯이. 질문의 결과 폭과 깊이를 달리하며.

호명함으로써 균형잡기

어느 날이 오늘이 된다는 것은 무수한 것 중에서 하나를
고른다는 것이다. 이는 여느 날과 다를 바 없던 날이 이름을
갖는다는 것을 의미하기도 한다. 심상해 보이지만 실은 어
마어마한 일이다. 매일매일 눈코 뜰 새가 없을지도 모른다.
본 것을 장면으로 각인하고, 들은 것을 소리로 저장하고, 맡
은 것을 낌새로 알아차리고, 맛본 것을 감각으로 끌어올리
고, 스친 것을 기억으로 새겨야 하니까. 체화된 것이 언어화
될 때 시인은 또 한번 정확해진다. 나무는 '그 나무'가, 나비
는 '그 나비'가, 새는 '그 새'가 된다. 정확한 호명은 장면을
구체화한다. 새와 나비 등 날개를 지닌 것들은 단순히 날기
만 하지는 않는다. 시인의 눈에 그 장면은 공중에 이는 파
문으로 안착한다. 호명은 겉으로 보기에는 어제와 다를 바
없는 밋밋한 풍경에 생기를 불어넣는다. 삶의 표면에 입체
를 세우는 일이다.
균형은 "어느 한쪽으로 기울거나 치우치지 아니하고 고른
상태"를 뜻한다. 균형을 잡는 일은 존재의 위치가 분명해지
는 일일 것이다. 좌우를 살펴고 앞뒤를 헤아려야 하기 때문

이다. 균형은 정의와도 교호(交好)하는 개념이다. 나의 시선으로 가려보는 세계와 '나—비'의 눈으로 들여다보는 세계는 판이할 수밖에 없으니 말이다. 균형은 또한 순리에 가닿는 일이기도 하다. "나는 오랫동안 어린이들을 가르치면서/가르친 대로 살지 못했다"(「오후에는 비가 내렸다」)라는 고백은 삶의 순한 이치에 심신을 내어주겠다는 결심이다. "익을수록 가지가 조금씩 휘어"지는 살구나무를 보며 "천천히 휘어지는 무게의 힘이 압박하는 고난의 진행을 따르는 순리를"(「살구를 따서 먹다」) 가늠하는 시인은 발길 곳곳에 이는 파문을 발견하고 기록한다.

요컨대 오감이 예민해지는 여정이 그에게는 모두 길이다. 눈길, 손길, 발길은 쉬지 않고 뻗어나간다. "명랑에 기대"어, "시시콜콜에 기대"어, "구름에 기대"어(「참새 머리로 들이받기」) 그는 오늘도 도중에 자리잡는다. 참새 머리가 들이받은 세계가 크게 진동하지는 않을 테지만, '나—비'가 된 시인은 가장 흔한 새로부터 가장 별난 장면을 발견해낼 것이다. 도중에서 벌어지는 술래잡기는 순리 잡기가 된다. 마을에서는 '나비의 술래잡기'와 '나—비의 순리 잡기'가 동시에 이루어진다. 그 마을에서 물음과 깨달음을 징검돌 삼아 시인은 오늘을 산다. 알아도 모르는 척하는 태도가 아니다. 알아서 모르는 경지에 다다른 것이다. 그렇게 쓰인 오늘의 시들이 모여 지금의 시집이 되었다.

좋은 질문은 으레 모르는 데서 생기지만, 더 좋은 질문은 아는 데서 발아하기도 한다. 자신이 쌓아온 경험과 지식이 새로운 현상과 들어맞지 않을 때, 스프링처럼 절로 질문이 튀어나오기 때문이다. 아래의 짧은 시편들은 언뜻 답을 일러주는 듯하지만, 읽을수록 그전에 맞닥뜨린 치열한 질문을 떠올리게 한다. 나비가 날갯짓하기 직전 같은 긴장이 행간에 흐른다.

> 내 손이 가만히 있으니
> 세상이 다 고요하구나
>
> —「봄비」 전문

> 나비는 날개를 펼 때
> 권력을 이용하지 않는다
> 시인은 나비의 바람으로 정치를
> 기술한다
>
> —「시인」 전문

> 마을 사람들은 아무나 강을 건너오라고 부르지 않는다
> 강물 소리는 아무나 길을 터주지 않는다
> 정의의 결과이다
>
> —「정의의 결과」 전문

위의 시들은 입을 모아 자연스럽게, 순리대로 살자고 이야

기한다. 봄비 내리는 날에 인위(人爲)와 멀어지고 가만있음
으로써, 시인은 세상의 고요함을 만끽한다(「봄비」). 나비가
날개를 펴는 순간을 응시하며 시인은 권력과 무관한 자연의
이치를 깨닫는다(「시인」). 이때 시에 쓰인 '정치'라는 단어
는 중의적이다. '나라를 다스리는 일'을 뜻하는 정치(政治)
일 수도 있겠으나 나는 그것을 '정교하고 치밀함'이란 뜻의
정치(精緻)로 이해한다. 당연한 상황 앞에서 정교하고 치밀
해지는 일이야말로 질문을 품게 하기 때문이다. 시인의 자양
분은 답이 아니라 질문이기 때문이다. 강의 흐름과 강물 소
리는 시인에게 '길'에 대해 숙고하게 해준다. 길은 사람("마
을 사람들")이 앞장서서 내는 것이지만 '나' 아닌 다른 존재
("강물 소리")가 터주는 것이기도 하다(「정의의 결과」). 절묘
한 발견이다. 중요한 것은 순리와 정의는 둘 다 바른길로 통
한다는 사실이고, 오늘도 그의 발길은 순순하고 선선하게 그
쪽을 향한다는 점이다.

　　고대 그리스 철학자 플라톤은 지혜, 용기, 절제가 건강한
균형 상태에 있는 것을 '정의'라고 보았다. 정의의 결과, 김
용택의 새 시집과 함께 우리 마을에도 새봄이 왔다.

김용택 1948년 전북 임실에서 태어났다. 1982년 『꺼지지 않는 햇불로』에 시를 발표하며 작품활동을 시작했다. 시집으로 『섬진강』 『맑은 날』 『꽃산 가는 길』 『강 같은 세월』 『그 여자네 집』 『나무』 『그래서 당신』 『수양버들』 『키스를 원하지 않는 입술』 『울고 들어온 너에게』 『나비가 숨은 어린나무』 등이 있으며, 동시집 『너 내가 그럴 줄 알았어』 『콩, 너는 죽었다』 등과 산문집 『김용택의 섬진강 이야기』(전 8권) 등을 펴냈다. 김수영문학상, 소월시문학상, 윤동주상 문학대상 등을 수상했다.

문학동네시인선 191
모두가 첫날처럼
ⓒ 김용택 2023

1판 1쇄 2023년 5월 10일
1판 3쇄 2024년 10월 7일

지은이 | 김용택
책임편집 | 강윤정 편집 | 김민정 이희연
디자인 | 수류산방(樹流山房)
본문 디자인 | 유현아
저작권 | 박지영 형소진 최은진 오서영
마케팅 | 정민호 서지화 한민아 이민경 왕지경 정경주 김수인 김혜원 김하연
        김예진
브랜딩 | 함유지 함근아 박민재 김희숙 이송이 박다솔 조다현 정승민 배진성
제작 | 강신은 김동욱 이순호
제작처 | 영신사

펴낸곳 | (주)문학동네
펴낸이 | 김소영
출판등록 | 1993년 10월 22일 제2003-000045호
주소 | 10881 경기도 파주시 회동길 210
전자우편 | editor@munhak.com
대표전화 | 031) 955-8888 팩스 | 031) 955-8855
문의전화 | 031) 955-2696(마케팅), 031) 955-2678(편집)
문학동네카페 | http://cafe.naver.com/mhdn
인스타그램 | @munhakdongne 트위터 | @munhakdongne
북클럽문학동네 | http://bookclubmunhak.com

ISBN 978-89-546-9225-0 03810

www.munhak.com

문학동네